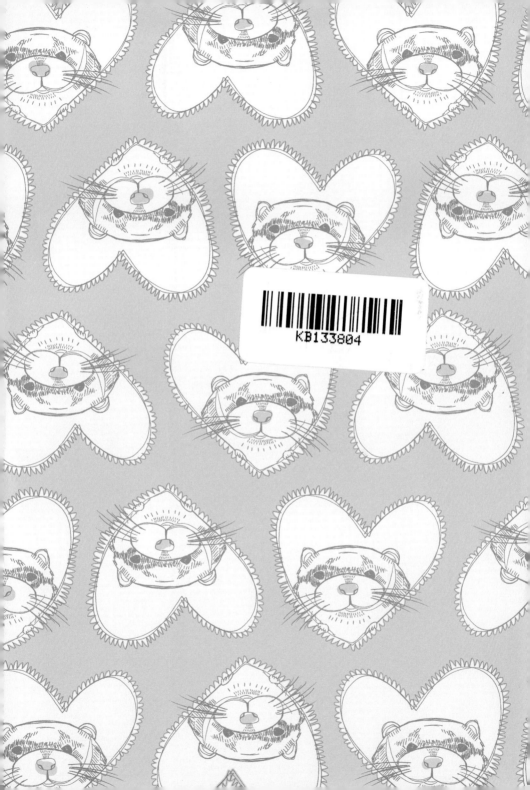

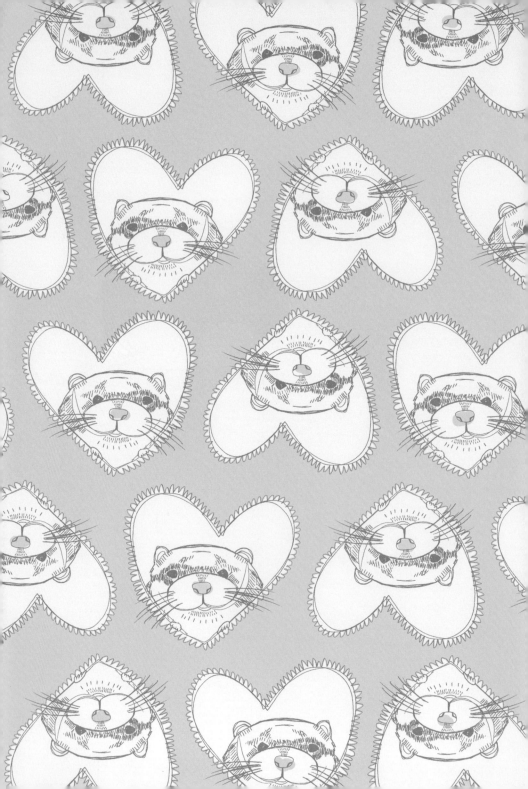

안녕?
난 이소벨이야

THE ISOBEL JOURNAL

유쾌발랄한, 때로는 웃픈 열여덟 살의 비밀일기

안녕? 난 이소벨이야

이소벨 해롭이 쓰고 찍고 그림

☆☆☆

글담출판

차례

"삶이 지루한 모든 10대들에게" ☆

Thanks to-

이소벨의 일기가 세상에 나오도록 해준 핫키북스에 우선 감사의 인사를 드립니다. 북쪽 마을 언저리에 사는 당시 16살의 서툰 소녀를 이곳 런던까지 데려와 처음 기회를 준 에밀리, 정말 고마워요. 그리고 또 빠뜨릴 수 없는 분 나오미, 그녀의 인내심과 물심양면으로 도와준 지원 덕분에 여기까지 올 수 있었어요. 낙서 같던 글과 그림을 환상적인 느낌으로 탈바꿈시킨 디자인팀의 '신의 손', 젯과 잰에게도 감사드립니다. 여러분들이 없었다면 아마도 이 프로젝트를 끝내지 못했을 거예요. 그밖에도 감사할 분이 무척 많지만 일일이 다 쓰기엔 지면이 부족해요! 이렇게 많은 분들의 도움을 받은 전 정말 행운아인 것 같아요. 핫키북스, 사랑합니다.

다음 차례는 당연히 우리 가족이에요. 아빠, 저스틴, 제임스, 에일리, 로티, 엄마, 토니, 샘, 그리고 할머니, 할아버지…. 그중에서도 특별히, 나를 지지해주고 원고의 시작부터 끝까지 예술적 영감을 북돋아준 우리 아빠에게 고맙단 말을 남깁니다. 더불어 좋은 친구가 되어준 고양이 아치에게도.

참, 친구들을 빠뜨리면 서운하겠죠. 아비, 애슐리, 맥, 플레처…. 애칭이지만 누구 이야기하는지 다들 알지? 그리고 진짜로 책이 될 거라 믿지 않았던 내 학교 친구들! 여기 책 나왔다. 하하, 미안해. 말하기가 사실 부끄러웠어.

런던으로 미팅을 갈 때마다 늘 함께해준 TV 만화 '심슨네 가족'과 초코 케이크와 R.켈리 노래에도 감사를 표하고 싶어요. 그리고 블로그와 트위터를 통해 만난 소중한 이웃들, 오랫동안 제멋대로였던 제 글을 불평 없이 재미있게 읽어주셔서 감사하단 인사를 전합니다. 제게 큰 원동력이 되었어요.

펜케스 고등학교에서 저를 알릴 수 있도록 도와주신 영원한 멘토 노만 선생님께도 감사함을 전합니다. 그리고 존경하는 작가 로라 독릴, 그분의 말도 안 되는 친절함에 저는 앞으로 광팬이 되기로 했어요. 이 책이 탄생하기까지 온 마음으로 응원해주셔서 감사합니다.

마지막으로 이 책을 보고 있는 당신에게.
소중한 시간을 내어 이 책을 선택해주셔서 정말 고맙습니다. 뒤죽박죽이던 나의 십대 생활과 생각을 그저 흐뭇하고 귀엽게 봐주시고 재미있게 읽어주셨으면 좋겠어요.
정말 감사합니다.

지구 반대편 영국에서
이소벨

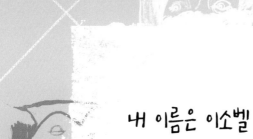

내 이름은 이소벨

내 이름은 이소벨.

☆ 우리 가족을 소개할게. ☆

아빠.

새엄마.

오빠.

5살 여동생.

2살 여동생.

그리고 마당에서 자유롭게 사는
고양이 아치.

엄마는 새아빠랑 남동생이랑
같이 살고 있어.

강아지 포피와 함께.

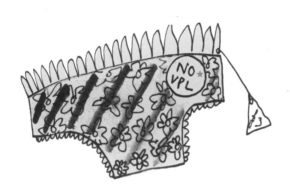

얼마 전 마트에서 처음으로 아빠랑
내 속옷을 같이 샀어. 부끄부끄~

★ Visible Panty Line의 줄임말로 걸옷에 나타나는 여성 팬티의 선을 가리킨다.

그날 아빠랑 산책을 했는데,
하루 종일 머리에
깃털을 올려놓고 돌아다니더라.

(아빠, 왜 그랬어요?)

이제부터 내 얘기를 해볼까?
나는 보고 느낀 대로
그리는 걸 참 좋아해.

I love tea

나 혼자
차 마시는 시간도
좋아하고.

가끔 아무것도 하고 싶지
않을 때가 있어.

(하지만 그것도 뭐, 나름대로 나쁘진 않으니까!)

난 나만의 세상에서 사는 시간들이
정말 행복하거든.

무한 상상도
무척 즐기지.

내 다리에는 펠트펜으로 그린
타투가 늘 어지럽게 있어.
(이것도 일종의 취미랄까.)

종종 자선 가게에 나가 오래된 레코드판을 사기도 해.

책!

사진!

내가 좋아하는 것들을
모아서 일기장에
하나하나 붙이는 것도
정말 즐거워.

배지!

티켓 조각!

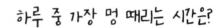

하루 중 가장 멍 때리는 시간은?

따뜻한 이불 속에서
배 깔고 엎드려 있기,
좋아하는 과자들
펼쳐놓고 먹기.

그 두 가지를
동시에 하면... 더 좋지!

동네 곳곳을 자전거로 누비는 기분은 정말이지 상쾌해.
얼굴과 머리카락 사이를 스쳐가는 바람도 좋고,
온몸으로 퍼지는 전율도... 음, 나쁘지 않아.

치마를 입고 자전거를 탈 때,
지나가는 아저씨들을 놀릴 수 있는 나만의 팁!
치마 안에 체육복 반바지 입고 마음껏 달리기!

비밀 장소를 찾아
마을 탐험 중.

HANDS

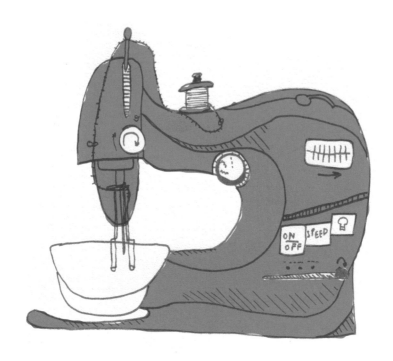

새로운 것도 배워보고 스스로 취미도 가져보려 하지만,
침대로 돌아가거나 컴퓨터를 하는 것으로 번번이 끝이 나.

아마도 난 좀 더 집중해야 할 필요가 있는 것 같아.

내 자화상이야, 흣.

(...어때?)

하루는 길을 걷는데
어떤 남자아이가 말을 걸어왔어.
"저기요, 예쁜이 씨. 여기 미소가 떨어졌어요."

흥, 뭐래.

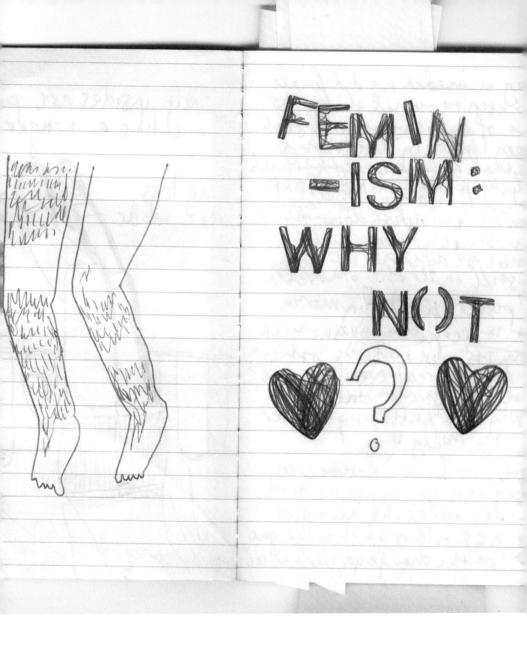

오글오글... 심오하고 진지해.

정말 내추럴 그 자체군.

흐음~ 막 햇빛에 말린 시트는 정말 산뜻하고 좋아.

킁킁~

근데 머리끝까지 덮는 건 또 그렇지 않단 말이지.

가끔씩 공주가 된 것만 같은 기분일 때가 있어.

아빠가
'공주 머그컵'에 차를 내줄 때.
(아빠는 날 너무 잘 안단 말이야.)

종종 난 '비욘세인 척'하고 노는 걸 좋아해.

(진짜 비욘세 같지 않나?)

하지만 그녀의 동생 솔란지처럼
막 사는 인생도 뭐, 괜찮은 것 같아.

팝스타가 돼서
스포트라이트를 받을 수만 있다면!

내 안에 또 다른 나를 가끔 발견하곤 해.

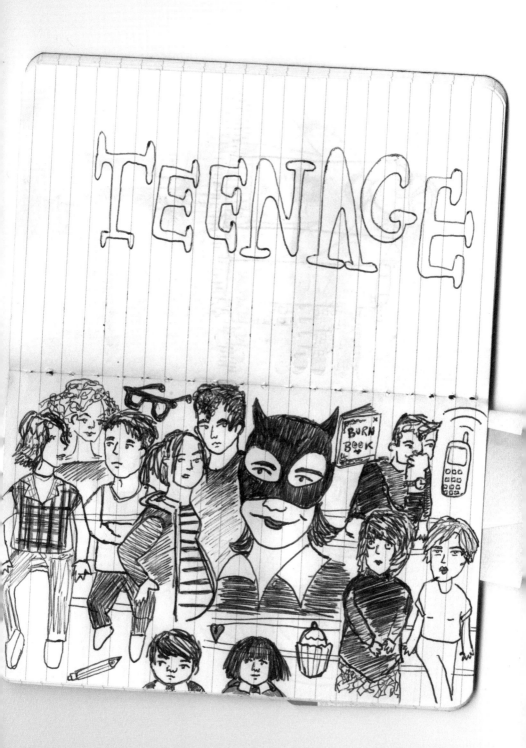

(이것도 본 대로 그렸나봐...)

새로운 밴드를 찾는 걸 좋아해.
왠지 나만 알고 있다는
특별한 느낌이 들어서 말이지.

★ 미국 뉴욕 출신의 싱어송라이터이자 만화가. 2011년 내한공연을 가진 적이 있다.

젊은 자비스 코커*를
떠올리는 건 내 작은 심장이 감당하기엔
너무 벅찬 일이야.

* 잉글랜드의 싱어송라이터로 1983년 밴드 '펄프'에서 데뷔했다.

내가 여왕이 된다면
딱 붙는 레깅스를 입을 거야!
하지만 실제로 입으면... ㅋ

(살 빼고 입어야지.)

내 옷장 속에서 중요한 부분을 차지하는 레깅스들. (하지만 입어본 적 없다...)

항상 머리카락 길이 때문에
고민이야. 편한 걸로 따지면
사실 다 밀어버리고 싶어.

그렇지만 사람들은
삭발 소녀를 날라리라고 생각하겠지.
날라리라고 불리는 건 싫어.
하지만 이도 저도 아닌 머리는 더 싫어.

긴 머리가 잘 어울린다는
칭찬을 듣곤 했지만
내가 보기엔 또 별로야.

어떻게든 절충점을 찾아야겠지.

처음 셀프로 할 때는 엄청 무섭다?
그런데 막상 자르다 보면 이상하게도
더 자르고 싶단 말이야.
넌 멈춰야 할 때를 알길 바랄게.

(아니면 나처럼 되거든...)

태어나서 가장 짧게 머리를 자르던 날,
미용사는 내 목을 성심성의껏 면도해줬지.
내 목덜미에 그렇게나 털이 많았나?

어찌 됐든 간에,
진 세버그*처럼 보이고 싶은 마음이 불쑥불쑥 들어.

★ 1960년대 프랑스 여배우. 영화 〈네 멋대로 해라〉로 일약 스타덤에
올랐으며, 그녀의 쇼트커트는 큰 사랑을 받았다.

멍청하게도 구제 옷에
중독된 것 같아.

혼자 옷을
못 고르겠어.

내 모든 신발은
원래 스타일에서
리폼한 것들이지.
(검은색 댄스화처럼 말이야.)

내가 사랑하는 스트라이프!

난 가끔씩 이런 걱정을 하곤 해.
90년대 걸그룹에 열광하는 나를 사람들이
이상한 아이라며 비웃거나 손가락질하지 않을까?
그래도 신경 쓰진 않을 거야. 난 서바이버*니까!

★ 90년대 걸그룹 데스티니스 차일드의
노래 제목 〈Survivor〉에서 차용한 말

그리고, 음, 나는 남들이 모르는
멋진 인디 음악을 많이 아니까. Yeah~!

친구와 수달과 학교,
그리고 그림

너의 베프가 되고 싶어. (서로 꼭 닮은!)

모두 기억해두기!

(한국으로 보낸 것도 있네!)

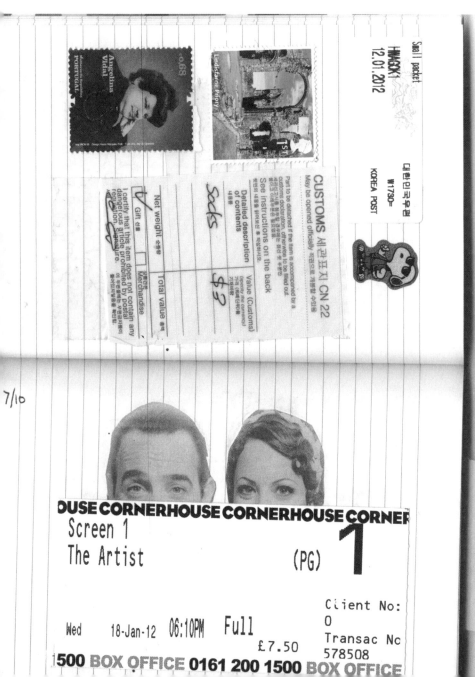

사람들이
와~ 하고 쳐다볼 수 있는 걸
한때는 만들어보고 싶었어.

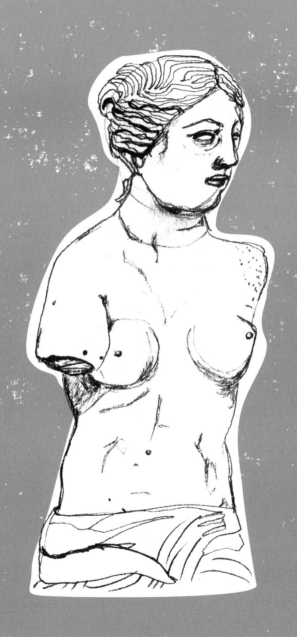

학교에서 나눠주는 각종 안내문 속에 파묻혀
집으로 겨우 왔다. (하아... 솔직히 다 날려버리고 싶었어.)

ART KIDS

(날 현실에서 벗어나게 해주는 친구들.)

혹시 너는 거리에서
엄청 예쁜 여자애를 보고
내 친구였으면 좋겠다고
바란 적 없어?

(지금은 눈 씻고 찾아봐도 없지만...)

내 감정, 나도 알 수가 없어...

내 방

여름,

창문에서

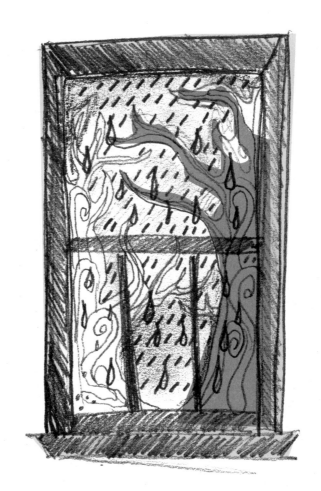

가을.

친구들이 없는 삶은 생각하기도 싫어.

남자란 건 과연 무엇일까?
친구랑 정류장에서 그들에 대해 몇 시간이고 수다를 떨었어.
덕분에 버스 몇 대를 놓치기도 했지만...
그 후로 우리는 여기를 '남자 문제 정류장'이라고 불렀지!

대학 탐방 시 체크할 것들:
(거짓말하고 친구 집에서 잘 때 필요한 것들)

파자마
칫솔
헤드폰
아이라이너
티켓들
폰

드라마 속 여자 주인공처럼 귀엽고 발랄하게 뛰고 싶어.
아, 피비*는 빼고.

숙제를 다하지 못했다.
그래서 선생님 앞에서
숙제가 어려웠던 것처럼 연기를 했다.

난 주어진 일을
절대 잘 하지 않는
편이지만, 그래도 뭔가
제대로 한다면 금메달쯤 가뿐할걸.

We Are Survivors
(For those born Before 1940...)

We were born before television, before penicillin, polio shots, frozen foods, Xerox, contact lenses, videos and the pill. We were before radar, credit cards, split atoms, laser beams and ballpoint pens, before dish-washers, tumble driers, electric blankets, air con-ditioners, drip-dry clothes . . . and before man walked on the moon.

We got married first and then lived together (how quaint can you be?). We thought 'fast food' was what you ate in Lent, a 'Big Mac' was an oversized raincoat and 'crumpet' we had for tea. We existed before house husbands, computer dating and 'sheltered accommodation' was where you waited for a bus. We were before day care centres, group homes and disposable nappies. We never heard of FM radio, tape decks, artificial hearts, word processors, or young men wearing earrings. For us 'time sharing' meant togetherness, a 'chip' was a piece of wood or fried potato 'hardware' meant nuts and bolts and 'software' wasn't a word.

Before 1940 'Made in Japan' meant junk, the term 'making out' referred to how you did in your exams, 'stud' was something that fastened a collar to a shirt and 'going all the way' meant staying on a double-decker bus to the terminus. In our day, cigarette smoking was 'fashionable', 'grass' was mown, 'coke' was kept in the coalhouse, a 'joint' was a piece of meat you ate on Sundays and 'pot' was something you cooked in. 'Rock Music' was a fond mother's lullaby, 'Eldorado' was an ice-cream, a 'gay person' was the life and soul of the party, while 'aids' just meant beauty treatment or help for someone in trouble.

We who were born before 1940 must be a hardy bunch when you think of the way in which the world has changed and the adjustments we have had to make. No wonder there is a generation gap today . . . BUT

By the grace of God . . . we have survived!

Printed in the UK on a 100% cotton tea towel
£4.95 each plus £1 per order postage and packing

Please make cheques payable to **Mr Bridge**
Ryden Grange, Bisley, Surrey GU21 2TH
☎ 01483 489961   Fax 01483 797302
Lines open Mon-Sat 9.00-5.30. Sun 9.00-1.30.

Handwritten annotations: Acronym, Compounds, Compound, Compound, Neologisms, Pejoration, Broadening, Americanism / Borrowing, Narrowing, Initialism, Broadening, Narrowing, Borrowing, Rejoration, Narrowing / Archaic, Narrowing

여기 그림 속 우리는 화난 게 아니야.
그저 시무룩한 10대들의 모습을
보여주고 싶었을 뿐.

컴퓨터로 인터넷을 하는
어른들을 보고 있으면...

아주, 아주 고통스러워!
(그게 아니라고, 이걸 눌러야 한다고 소리치고 싶단 말이야!)

가끔씩 어둠 속 빌딩 숲에 있는
정류장이 정말 아름다워 보일 때가 있어.

내가 순정만화 속 주인공이라면 얼마나 좋을까?

아, 정말이지 사람들의 얼굴을 그리는 건

시작하면 멈출 수가 없어.

사람들이 가끔 부엉이처럼 보이기도 해.
너도 그걸 캐치할 수 있을까?

이건 '어쩌라고'의 표정이다.
내가 그렸지만 예술이야.

담배 피우는 여자.

음~ 턱수염 있는 남자. 멋져.

가끔 그림은 그 어떤 단어보다
더 많은 말을 해주는 것 같아.

미국에 갔을 때 만난 사람들을 그려봤어.

골동품 가게를 운영하는 아이크는
정말 끊임없이 말을 하는 아저씨였지.
왠지 그에게, 영국에서는
가게 주인과 손님이 대화를
잘 하지 않는다고 설명해줘야
할 것만 같았지.

오바마가 연설하는 장면도
구경했어! 이건 그날 사왔던 배지를
보고 그린 그림이야. 실제로 본
대통령의 얼굴은 정말 저렇게
둥글넓적 퍼져 있었어.

우락부락 근육질 남자와
그 옆에 앙증맞은 단짝.

ㅋㅋㅋ

차가운 소녀는
차가운 쉐이크를 좋아해.

서로 너무 다른 취향의 커플.

데비 해리*가 풍기는 도도함의 절반이라도 가지고 싶어.

★ 미국의 여성 가수이자 기타리스트. 1978년 영화배우로도 데뷔했다.

아니면 모리세이*처럼.

★ 영국 잉글랜드의 남성 가수이자 작사가.
1987년까지 그룹 '스미스'의 리더이자 보컬로 활동한 것으로 유명하다.

네가 여기 있었다면!

(이렇게 그려졌을 텐데... 풉.)

나의 일기장 속 친구.

(히피 스타일∼)

LUCY C

you triflin' good for nothin' type of brother

QUEEN OF **SASS**

루시에게,

잘 지내고 있지?
조만간 만났으면 좋겠다!

함께 동봉한 것:
-지난 몇 년간 내가 모은 CD
-크리스마스 때 보내려고 샀던
캐스 키드슨 패치
-색색의 작은 과자들

네 맘에 들었으면 좋겠어. 그리고 내가 그린 그림도.
답장 기다릴게!

Miss + ♡ you
Issy   ×××
      ××××
     × × × ×

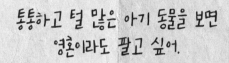

통통하고 털 많은 아기 동물을 보면
영혼이라도 팔고 싶어.

내가 얼마나 수달을 사랑하고 있는지
나도 잘 모르겠어.

이건
해달.

비슷하게 생긴
오리너구리.

꺄! 복슬복슬 오소리!
오소리!

Manatee

엉뚱하고 귀여운 표정의
바다소.

통통한 맥.*

★ 중남미와 서남아시아에 사는,
코가 뾰족한 돼지 비슷하게 생긴 동물

뒤뚱뒤뚱
아기 맥.

곤히 잠든
아기 토끼들.

역시 보송보송 귀여운
누트리아*.

*물가에 사는, 비버와 비슷한 남미산 동물

그리고 세상에서 가장 행복한 새,
넓적부리황새*.

*황새의 일종으로 부리가 거대한 아프리카산 새

또 털이 많은 동물들 중에...
그래그래. **비둘기**는 괜찮아.

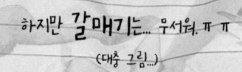

하지만 **갈매기**는... 무서워. ㅠ ㅠ

(대충 그림...)

컵 속에 쏙~
부시베이비*

★ 나무에 살며, 눈이 커다랗고 체구가 작은 포유류 동물

사랑하니까 용서됨

잠자는 소년에게 바침.

얍! 난 준비가 됐어!

이런 일이 일어나기 전에

너에 대해 잘 알아야겠지...

ㅋㅋㅋ

어떻게 들릴지 모르겠지만...
네 품에 꼭 안기고 싶어.

할 수만 있다면...
널 작은 공으로 압축시켜서
내 주머니에 넣고 다닐 거야.

나는야 곡예사.

널 위해 달리는.

삶에 대한 깊은 고민,
그리고 남자들에 대해 골똘히 생각하기에 가장 최적의 장소는...

그냥 화장실 바닥에 눕는 것. 진짜야.

가끔 사랑은 말로 표현 못할

부끄러운 상상을 하게 해.

난 요즘 2000년대 초반에 인기 있었던
'10대들을 위한 쇼'를 다시 보고 있어. I Like it!

남자친구 집 창문에
돌을 던지는 게
귀엽고 재미있고
로맨틱하다고 생각해서
작은 돌을 던져봤어.
그러다 엉뚱한 집에
맞아버렸지만… Oops!!

네 머릿속에
'날 영원히 잊을 수 없게 만드는 꽃'을
심고 싶어. 네가 항상
내 생각만 하도록.

그대로
있어줘.

얼마 전 세상의 모든 10대들이 썼으면 하는 멋진 단어를 발명했어!
'boy high'. 명사로 OMG(OH, My God)야. 그날은 내 친구들과
하루 종일 문자했고, 정말로 'boy high'가 된 기분이었지.

새벽 3시에 귀여운 남자아이와
스카이프*하는 기분이란!

★ 인터넷 통신 서비스

알바가 절실해.
카페 종업원이나 해볼까?

(제법 어울리지 않나?)

그런데 어느 날, 그 카페에 깨물어주고 싶은
귀여운 소년들이 들어와서
나를 위한 노래를 만드는 거야.

그러면 너의 질투 본능이 활활 타오르겠지...

Me!

요즘 너랑 부쩍 가까워지고 있다는 느낌이 들어...

(왠지 성숙한 느낌...)

겨울 저녁의 데이트는 또 얼마나 낭만적인지...

궁극의 로맨틱 음식,
칩*도 빠질 순 없지.

★ 얇거나 가늘게 썰어 기름에 튀긴 감자

헤어짐이 영원한 이별은 아냐

내가 싫어하는 남자들의 모든 것

1) 웃기지도 않은 농담에
   자기가 말하고
   자기가 웃는 것

2) 진지하게 내가 좋아하는 것을 말하면
생각 없이 놀리는 것

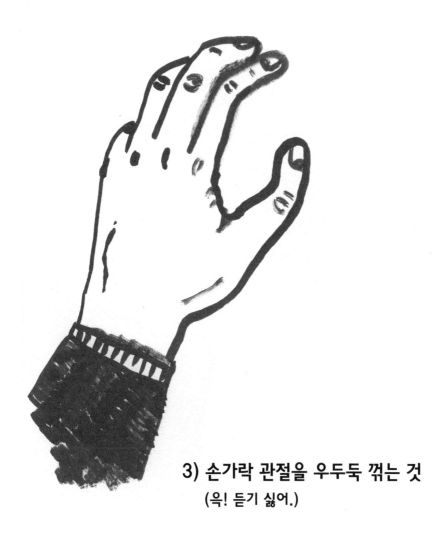

3) 손가락 관절을 우두둑 꺾는 것
(윽! 듣기 싫어.)

4) 잠을 잘 수 없을 만큼 완전
시끄럽게 코를 고는 것

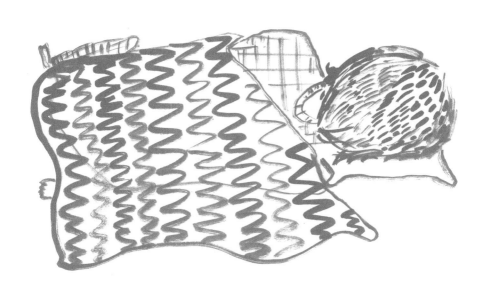

5) 자기가 먼저 좋은 자리에 앉아버리는 것
(이를테면 창가 자리 같은!)

**6) 크리스마스 선물을
   잊는 것**

우리가 처음 싸웠던 날.

난 이제 너의 'Baby'가 아니야!!!!!!!!

정말 아이러니야.

특히 남녀 관계는...

'밸런타인데이'를 넌 겨우
'누텔라* 먹고 침대에 눕는 날'이라고 말했어.

* 고칼로리의 시럽형 초콜릿

나는 널 더 이상 믿지 않아.

이 적막감이 미치도록 싫어.

이 침묵 후에는...

난 나를 지나치게 과대평가했던 걸까?

★ Rest In Peace의 줄임말로 '고인의 명복을 빕니다'는 뜻이다.

내가 너무 나이 들어버려서 지치면
이런 기분이지 않을까 가끔 생각해.

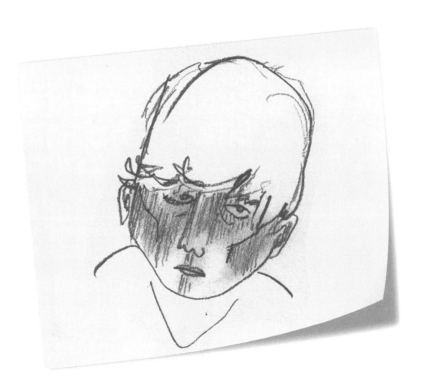

공공장소에서 나도 모르게 갑자기 눈물이 터질 때면
너무나 부끄럽고 당황스러워.

널 그리워할 거란
기대는 하지 마.

이대로 평생 깨지 않을 거야.

날 꽉 채운 감정들에
질려버렸어.

하지만, 언제든, 또 다른 사랑이 나타날 거야.
넌 너대로 살 것이고,
내 삶은 계속 흘러가겠지.

데스티니스 차일드의 '서바이버'를 들으면서
조금씩 힘내야지.

그래,
지금 날 둘러싸고 있는 사람들이
나에겐 더 소중하니까.

옮긴이 홍정호

인제대 의대를 졸업하고, 꿈을 바꿔 현재는 중학생들에게 영어를 가르치고 있다. 청소년 교육에 관심이 많아 교과 수업 외에도 다양한 과외 활동을 하며 교사로서의 영역을 넓혀가고 있다. 틈틈이 외국의 좋아하는 책들을 읽고 소개하는 일을 즐겨 한다. 우리말로 옮긴 대중서로는 『크리스마스 캐럴』 『안녕? 난 이소벨이야』 등이 있다.

안녕? 난 이소벨이야

지은이 이소벨 해롭　　**옮긴이** 홍정호
펴낸이 김종길　　**펴낸곳** 글담출판사
책임편집 홍다휘
편집 임현주 · 이경숙 · 이은지 · 홍다휘　ㅣ　**디자인** 정현주 · 박경은
마케팅 박용철 · 임형준　ㅣ　**홍보** 윤수연　ㅣ　**관리** 이현아
출판등록 1998년 12월 30일 제2013-000314호
주소 (121-840) 서울시 마포구 양화로 12길 8-6(서교동) 대륭빌딩 4층
전화 (02)998-7030　ㅣ　**팩스** (02)998-7924
페이스북 www.facebook.com/geuldam4u
블로그 http://blog.naver.com/geuldam4u
이메일 bookmaster@geuldam.com

초판 1쇄 인쇄 2015년 2월 10일　　**초판 1쇄 발행** 2015년 2월 25일
ISBN 978-89-92814-95-9 43800

이 도서의 국립중앙도서관 출판시도서목록(CIP)은 서지정보유통지원시스템 홈페이지(http://seoji.nl.go.kr)와 국가자료공동목록시스템(http://www.nl.go.kr/kolisnet)에서 이용하실 수 있습니다. (CIP제어번호: CIP2015002392)

★★ **글담출판**에서는 참신한 발상, 따뜻한 시선을 가진 기획 아이디어와 원고를 기다리고 있습니다. 작품 혹은 기획안을 이메일로 보내주시면 출간 가능성이 있는 작품은 개별 연락을 드립니다.

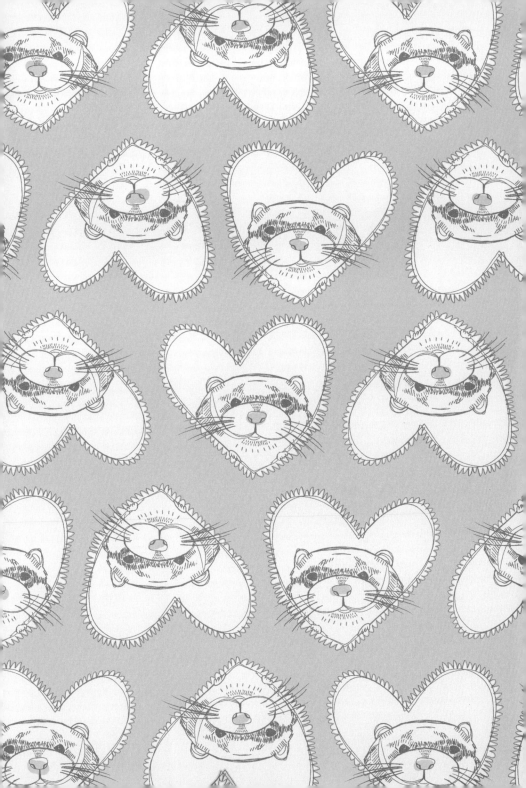

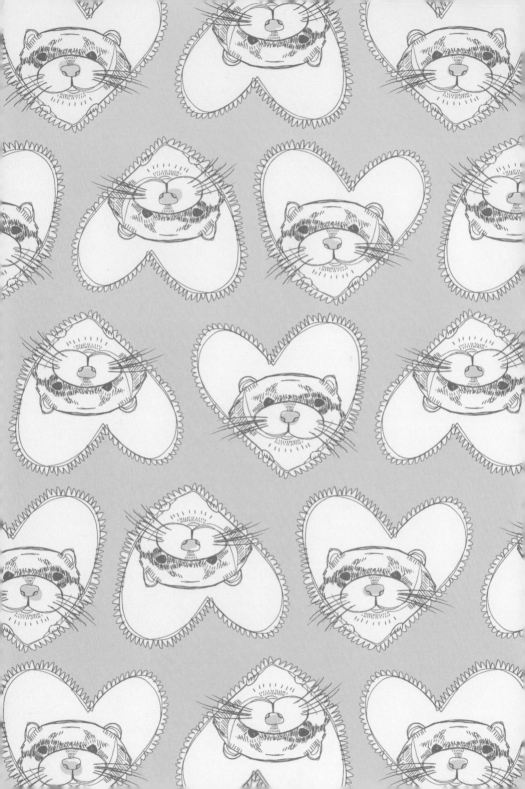